Franklin

jest starszym bratem

Shane'owi i Keeley, bratu i siostrze – P.B.
Derekowi, który wie wszystko o małych siostrzyczkach – B.C.

Franklin jest znakiem zastrzeżonym Kids Can Press Ltd.

Tytuł oryginału: FRANKLIN AND THE HARRIET

Tekst © 2001 Contextx Inc.
Ilustracje © 2001 Brenda Clark Illustrator Inc.

Ilustracje w książce przygotowano z pomocą Shelley Southern.

Wydawnictwo Debit Sp. z o.o.
ul. Fitelberga 1
40-588 Katowice

Naszą pełną ofertę wydawniczą można
znaleźć w księgarni internetowej
www.wydawnictwo-debit.pl

ISBN 978-83-7167-214-9

Katowice 2019 (D319)

Franklin
jest starszym bratem

Tekst Paulette Bourgeois
Ilustracje Brenda Clark
Tłumaczenie Patrycja Zarawska

Debit

FRANKLIN jest już dużym chłopcem, o wiele większym od swojej małej siostrzyczki, Harriet. Jak przystało na starszego brata, opiekuje się siostrzyczką i pilnuje, żeby nie stało jej się nic złego. Franklin bawi się z nią w „warzyła sroczka kaszkę", w „kosi kosi łapci" i w chowanego. Chowa się za oparciem fotela albo pod kocykiem i woła:

– Nie ma mnie! Jak myślisz, gdzie jestem?

Siostra znajduje go oczywiście i piszczy przy tym z radości.

Brat z siostrą razem oglądają książeczki. Franklin czyta jej historyjki i opowiada bajki.

Franklin bardzo kocha swoją siostrzyczkę i podoba mu się, że jest jej starszym bratem… no, prawie zawsze.

Pewnego dnia Franklin bawił się z siostrzyczką
na podwórku. Najpierw huśtał ją trochę na huśtawce,
a kiedy jej się znudziło, zabrał ją na zjeżdżalnię.
Trzymając dziewczynkę za rękę, ostrożnie pomagał
jej zjechać na dół. Och! Franklin nie zauważył
błotnistej kałuży!

Bum, chlup! – siostrzyczka wylądowała w błocie. I od razu się rozpłakała. Ojej, żeby tylko tato nie zobaczył, jak się ubrudziła. Może Franklin zdąży ją jakoś wyczyścić... Ale jak tu wyczyścić kogoś, kto zanosi się płaczem? Żółwinka potarła oczy rączkami i usmarowała sobie buzię błotem. Wyglądała teraz jak siedem nieszczęść.

– Ciii, nie płacz! – prosił Franklin, ale nic to nie pomagało.

Podał siostrzyczce kocyk – tylko ubrudziła go błotem. Pokazywał jej kwiatki, robił śmieszne miny – na próżno, żółwinka nie przestawała płakać.

Na szczęście Franklin wpadł na pewien pomysł. Wziął swojego pluszowego pieska, Sapcia, i udając, że piesek jest kukiełką, zaszczekał głośno. Mała zachichotała, rozpromieniła się, wyciągnęła rączki do pieska i przytuliła go z całych sił.

– O… – Franklin urwał. Chciał zawołać „O, nie!", a to na pewno przestraszyłoby małą siostrzyczkę.

Pluszowy piesek miał teraz na sobie tyle błota, jakby sam zanurkował w błocie.

Tato roześmiał się na widok ubłoconej córeczki.

– Zapowiada się wielka kąpiel. Z pianą i bąbelkami – powiedział.

Franklin odetchnął z ulgą. Bał się, że tato się rozgniewa. Starszy brat powinien był przecież pilnować siostry.

– Sapciowi też przydałoby się kąpanie – odezwał się nieśmiało.

– Ma się rozumieć – przytaknął tato.

Franklin pomógł przygotować kąpiel dla małej Harriet. Sprawdził, czy woda nie jest za gorąca. Kiedy siostra bawiła się w wannie, tato dokładnie wyprał pluszowego pieska.

Wieczorem Franklin nie mógł znaleźć swojego pluszowego pieska. Nie było go ani w łóżku, ani na krześle, ani w skrzynce z zabawkami. Ach, tu jest! Siostrzyczka zasnęła, przytulona do Sapcia. Franklin chciał wziąć swojego pieska, ale mama poprosiła, żeby nie budził małej.

– Może ten jeden raz Sapcio będzie spał z nią, dobrze? – zapytała.

Franklinowi nie podobał się ten pomysł, nie chciał jednak, żeby mała znowu się rozpłakała.

– Dobrze, ale tylko ten jeden raz – zgodził się z ociąganiem.

Następnego dnia rano siostra przyszła na śniadanie z Sapciem.

– Dziękuję, że go przyniosłaś – ucieszył się Franklin i wyciągnął rękę po pieska.

Ale siostrzyczka ani myślała oddać mu zabawkę. Franklin chwycił Sapcia za ogon, tymczasem żółwinka trzymała go za łebek i nie puszczała.

– Oddaj, to moje! – zawołał Franklin.

– Nie, moje! – upierała się dziewczynka.

Każde ciągnęło pieska w swoją stronę. Franklin przekonał się o tym, że jego mała siostra jest bardzo silna i – nie zamierzał ustąpić. Ciągnęli Sapcia i szarpali, gdy wtem…

Sapciowi urwał się ogonek! Piesek został w rękach siostrzyczki, a Franklin, z pluszowym ogonkiem w ręce, poleciał daleko, aż pod ścianę.

– Ojej… – westchnęła smutno mama.

– Czy to się da naprawić? – zapytał Franklin ze łzami w oczach.

– Zaraz naprawimy – uspokoiła go mama.

Franklin jednak był bardzo zły.

– Widzisz, co narobiłaś? – niegrzecznie burknął do siostry.

Mama starannie przyszyła Sapciowi ogonek.

– Jak nowy! – powiedziała, podając pieska Franklinowi.

Franklin na wszelki wypadek obwiązał Sapciowi zraniony ogonek bandażem, a potem przytulił go mocno.

Mała siostra też chciała przytulić Sapcia. Wyciągnęła rączki, ale brat podniósł pieska tak wysoko, żeby nie mogła go dosięgnąć.

– Byłoby ładnie, gdybyś pozwolił siostrzyczce pobawić się Sapciem – napomniała łagodnie mama.

Franklin nie uważał jednak, że powinien postępować „ładnie". I w ogóle, co to ma znaczyć? Przecież to jego ukochana zabawka, dlaczego miałby się nią z kimś dzielić? Dlaczego siostra chce mu ją odebrać? Naburmuszony Franklin zabrał pluszowego pieska i pobiegł do swojego pokoju.

Franklin orzekł, że starszemu bratu wcale nie jest łatwo ani też zbyt przyjemnie. Same z tym problemy i nic miłego w zamian. Siostrzyczka ciągle płacze, i to o byle co. Nie można jej spuścić z oka, bo zaraz coś na siebie ściągnie, zepsuje, zrobi sobie krzywdę, a w najlepszym razie ubrudzi się. Bywa uparta i on, jako starszy, zawsze musi jej ustępować. A co najgorsze, chce mu odebrać ukochanego pieska!

Franklin zrobił to, co chyba każdy starszy brat zrobiłby na jego miejscu. Ukrył Sapcia głęboko w pudle z zabawkami na dnie szafy.

Po południu mama zapytała, czy Franklin ma ochotę na spacer.

– A Harriet też idzie? – spytał Franklin, wystawiając nos
ze swego pokoju.

– Oczywiście – odparła mama.

Franklin westchnął. No tak, niemądrze zapytał. Mała jak zwykle
pojedzie w swoim wózku – tak zawsze wychodzą na wspólne
spacery. A ponieważ Franklin bardzo lubił przechadzki, za chwilę
był już gotowy do wyjścia.

Siostrzyczka też była gotowa. Tyle że ubrała kurteczkę tyłem
do przodu i w dodatku do góry nogami.

– Ale się wystroiłaś! – parsknął niegrzecznie starszy brat.
Do tej pory to on pomagał jej się ubierać. Teraz mama zdjęła
kurteczkę Harriet i włożyła ją jak należy.

Na przechadzce Franklin nazbierał bukiecik żółtych kwiatków.

– Proszę! – wręczył je mamie z ukłonem.

– Dziękuję – uśmiechnęła się mama. – Są prześliczne.

Nagle Harriet wyciągnęła rączki i chwyciła pęk kwiatów.

– Nie! To nie dla ciebie! – zawołał oburzony Franklin.

Mama z uśmiechem pokręciła głową.

– Ona jest jeszcze malutka – wyjaśniła. – Musimy ją nauczyć, jak dzielić się z innymi.

Mama zatknęła sobie kilka kwiatów za wstążkę kapelusza. Niech wszyscy widzą, jakie ładne kwiaty dostała od synka. Tymczasem mała żółwinka swoje kwiaty włożyła sobie do buzi.

„Mam nadzieję, że smakują obrzydliwie" – pomyślał Franklin.

I miał rację, bo przecież były to gorzkie kwiaty mleczu – te same, z których powstają dmuchawce.

Spacerowali dość długo i już mieli wracać do domu, kiedy siostra zaczęła płakać. „Jak zwykle bez powodu" – przyszło do głowy Franklinowi. Jednak nawet jemu zrobiło się trochę żal małej siostrzyczki. Mama przykryła ją kocykiem, dała jej ciastko i sok w kubku. Niestety, nic to nie pomogło. Dziewczynka chlipała i chlipała, aż w końcu rozpłakała się całkiem głośno.

– Szkoda, że nie mam ze sobą Sapcia – powiedział Franklin. – On by ją pewnie pocieszył.

Płakała i szlochała, a mama nic nie mogła na to poradzić. Wtem Franklin wpadł na pomysł. Wziął kocyk siostrzyczki, owinął nim sobie rękę i, udając kukiełkę, zaszczekał. Żółwinka spojrzała, otworzyła szeroko oczy i roześmiała się.

– Widzisz – odezwała się mama – to nie piesek ją rozwesela, tylko ty, jej starszy brat.

– Naprawdę tak myślisz, mamo? – spytał z niedowierzaniem Franklin.

– Naprawdę – potwierdziła poważnie mama. – Jeszcze nieraz się o tym przekonasz.

Franklin poczuł się teraz nie zwykłym starszym bratem, ale bardzo potrzebnym starszym bratem. Miał być z czego dumny!

Franklin w końcu przemyślał to sobie i doszedł do wniosku, że bycie starszym bratem ma też swoje dobre strony. Podobało mu się, że umie siostrzyczkę rozśmieszyć. Czasami nawet pozwalał jej bawić się Sapciem. Zawsze jednak upewniał się, że pluszowy piesek na noc wraca do jego pokoju. Starszy brat oczywiście powinien dzielić się z młodszą siostrą, ale to nie znaczy, że ma oddać jej wszystko!